흰 저고리 검정 치마

흰 저고리 검정 치마

황명걸 시집

민음사

自序

　　이번 시집의 발간은 두 번째 시집 『내 마음의 솔밭』에 뒤이은 세 번째이다. 시업 50년을 감안하면 너무 적은 수량의 작업이다. 워낙 과작하는 성향이라 생긴 결과라면, 그건 자위의 변이 될 터이고, 냉정히 말해서 작시에 태만했다고 지적할 수밖에 없다.

　　세 번째 시집 『흰 저고리 검정 치마』는, 계산해 보니 8년 만의 소출인즉, 비교적 적정한 간격을 두었다고 할까. 문제는 내가 얼마나 진정성을 갖고 작시에 임했는가 하는 점이고, 시쓰기에 공부를 넓게 하고 생각을 깊게 했는가 하는 점인데, 결과물로 보아 그러하지 못한 것 같다.

　　인구에 회자하는 명시를 낳기를 시인은 무릇 간구하지만, 그 성공을 누리기란 실로 낙타가 바늘 구멍을 통과하는 것만큼 어렵다. 어떻게 하면 만인의 심금을 울리는 절창을 뽑아낼 수 있을까 나름대로 여지껏 노심초사했으나, 나는 꺽꺽 쉰 목에 지독한 음치였다. 따르느니 낙담뿐, 시업의 포기에까지 내몰렸었다. 하지만 시와의 인연의 끈은 끈끈하고 질긴 것이어서, 미련퉁이처럼 목매여 예까지 끌려왔다.

　　예지에 찬 시정신에 기막힌 표현의 묘를 얻은 명편——그것은 타고난 목에 뼈 깎는 연찬 끝에 득음을 하고서야 가능한 일이거늘, 범용한 시인인 나로서는 처음부터 넘보기 힘든 욕심이었는지 모른다. 내심 사적으로 고희를 기념하는 이번 시집이 창피나

면했으면 좋겠다. 이후에 제4시집이 이어질 수 있을지는 본인도 짐작하기 어렵다. 하지만 방자하게 절필 운운하는 말은 삼가는 것이 옳겠다. 제1시집 『한국의 아이』가 절판되었다는 소식에는, 확인은 안 했으나, 내 시의 수명이 이것밖에 되지 않는가 자괴심이 들며 착잡한 심정임을 숨길 수 없다.

작품의 배열 순서는 대체적으로 생산 시기의 역순인데, 부의 가름에는 경향성을 고려에 넣었다. 앞 부분의 것이 최신작이고, 그 뒤의 것이 근작이며, 다음의 것은 두 번째 시집 이후에 씌어진 것들이다. 더러는 미흡하여 자구를 수정하거나, 첨삭하고, 아예 개작한 것도 몇 편 들었으며, 버리기가 아까워 말미에 붙인 초기작도 두셋 있음을 밝혀둔다.

2004년 11월
황명걸

차례

제2부

제3부

제5부

제1부

아름다운 노인

드문드문 검버섯 피어있어
얼굴이 더욱 맑고
연륜과 기품이 엿보이는
아름다운 노인
벽오동이나 은백양
또는 자작나무를 닮은
향기나는 사람 되고저

먹의 신비

곰곰이 되돌아보면 평생을
무엇 하나 반듯하고 온전한 적이 없었다
먹은 단순한 검정이 아니라 천의 색깔을
속안 깊이 머금고 있음을 미처 알지 못했다
고희가 가까워서야 겨우 깨닫게 되는 것 같다
놀랍게도 먹에서 어슴프레
푸른 기가 조금 보이기 시작한다
헛 살았다, 짧지 않은 세월을
진정 사랑을 얻지 못했고
시랍시고 예지에 찬 명편 하나 거두지 못했고
돈 한번 제대로 써보지 못했고
덕행이야 눈 씻고 찾아볼 수 없었을 뿐 아니라
넓은 공부도 깊은 궁리도 깐깐한 연찬도 없었으니
어찌 오묘한 먹의 색깔을 알았으리오
먹은 그저 까만 색으로만 보였지
그러나 다행히, 실로 다행히
먹의 색깔이 보이기 시작하는 이제
자책만 하고 앉아 있을 일이 아니다
검은 석탄 뒤집어썼으나 눈빛 영롱한
광부, 견자*의 시인으로서

먹의 속 깊은 곳까지 천착, 꿰뚫어봐야 한다
하지만 아직 멀고도 먼 도정
천의 기미를 가려내어 먹의 신비를 밝히기는

* 프랑스의 근대 상징파 시인 아르튀르 랭보의 시정신의 중요한 특질
로 예견자적 견성을 꼽는다. 견자(見者)는 보이지 않는 것을 보고, 들
리지 않는 것을 듣고, 생명이 없는 것에서 생명을 찾아내는 자, 곧 시
인을 일컫는다.

「歲寒圖」를 보며

시는 써서 무엇하나
회의하며 괴로워하며 울며
시를 멀리하였다
정나미 떨어져 상판도 보기 싫은 적이 숱했지만
미운 처 내치지 못하듯
연을 끊지 못하고 미적미적 예까지 왔다

"시는 마음의 병통이 되기 쉬우니
모름지기 삼가는 것이 마땅하다"
남명 조식* 선생의 곧은 심지도 없이
물욕에 눈 어두워 외도에 빠지고
천성이 게을러터져 작시에 뜸했으니
억울해 할 이유가 없다. 후회는 할 자격이 없다
모든 것은 사필귀정
책임은 전적으로 자신에게 있다

바람 차고 추위 매운 동절
하늘도 얼어붙은 산야에 소소한 누옥을 지키며
저토록 의연히 버티고 선
완당 김정희의 고고한 소나무를 보며

늦게야 깨닫는다
고졸한 「세한도」**의 고매한 정신을

* 조식은 조선 명종 때의 대학자. 창녕 사람으로 호는 남명. 세상에
나오지 않고 두류산 산천재에서 성리학 연구와 후진 양성에 전념해
명망이 높아, 퇴계 이황과 비교된다. 『남명집』, 『남명학기』, 『상례절
요』 등 저서가 있다.
** 「세한도」는 추사 김정희가 제주도 유배 생활 중에 그린 대표작.
'추운 시절의 소나무 그림' 답게 꿋꿋이 역경을 견뎌내는 선비의 올
곧은 의지가 서려 있다. 그는 조선 헌종 때의 명필로서 고증학의 거
두이자 금석학의 대가. 호는 추사 외에도 완당 등 여럿을 썼다.

망치질

매사에 서툴어빠져
못질을 할라치면 비뚤기가 일쑤요
뽑아 펴서 바로 때리려면
이번에는 대가리가 나간다
망치질도 제대로 못하는 위인
안쓰럽기보다는 못마땅하다
사람 대접 받기는 애시당초 틀렸고
제대로 된 시 쓰기도 아예 글렀다

「高士濯足圖」

양치질하기를 게을리하면서
발을 자주 씻지도 않으면서
향기나는 사람 되기를 바라고 있으니
나라는 위인은 한참 멀었다
물가에 앉아 발을 씻는 옛그림의 고사를 보자
풍경은 단지 자연의 것이라 무위하고
고사의 행동거지가 선비다워
은연중 고담한 기품이 스며 있지 않은가
나 평생 시를 썼어도
맑은 소리 내어 흐르는 저 물살만 같지 못하고
짧지 않은 생을 살았어도
저 너럭바위만한 너른 품 갖지 못하였으니
족탈미급, 이래저래 옛그림
「고사탁족도」*를 따르지 못한다

* 「고사탁족도」는 조선 중기의 화가 낙파 이경윤의 그림. 전형적인
절파풍의 산수인물도로, 먹의 쓰임이 능숙하고 인물의 표정이 정확
하다. 자연은 단지 배경이 되고 인물이 부각되었다는, 중요한 화론
적 의미가 있다.

閑日

고층 아파트 로열층은 과분하다
주상복합 〈타워 팰리스〉는 불가하다
빌라도 맨션도 필요없다
로코코풍 철제 펜스는 사치다
검은 현무암 낮은 돌담 너머
녹색 카펫처럼 널린 보리밭 저편
하얀 이 드러내는 푸른 바다가 보이는
나의 유배, 위리안치*
탱자나무 가시울타리 속
한 칸 모옥이면 족하다
깨끗한 수선화 한 포기라도 있어
벗하여 향기를 어여삐 여기며
내 수치를 싸고 부끄럼을 참으리
어쩌다 멍멍이가 인기척을 알리면
아, 살아 있음을 고마워 하리
검은 구름 걷히고 설레는 바람 자

* 옛날 정배에는 경중에 따라 네 가지가 있었는데, 위리안치는 그중
에서 가장 무거운 것. 위리안치는 죄인을 배소에서 달아나지 못하도
록 가시로 울타리를 쳐 가두었다. 다산 정약용, 추사 김정희 등이 겪
은 귀양이 위리안치였다. 다산은 정배 중에 『목민심서』를 저술했고,
추사는 '추사체'의 완성을 보았다.

맑은 하늘 보이는 날 가려
조랑말 몰고 휘파람 불면서
웃음이 앳된 난쟁이가 찾아오면
나 기꺼이 그를 따르리

老醜를 벗고저

치렁치렁 어깨를 덮은 긴 머리의 여자를
사랑하고 싶은 꿈은 이제는 접으려 한다
긴 머리의 여자에게 팔베개를 해 주고
물결치는 탐스러운 머리칼을 매만지며
사랑하고 싶은 허욕은 이제는 버리려 한다
그리고 머리를 흑인처럼 보글보글 볶은
촌티나는 시골 아주머니를 좋아하려 한다
천상 시골 아낙네를 닮아가는 볼품없는
짧은 머리의 내 늙은 아내를 사랑하고자 한다
그래야 제 분수를 알고 노추를 벗어날 터이므로

노인장대를 보며

화초라기엔 몸집이 너무 크지만
늦가을에는 어김없이 사그라드는 걸 보면
꽃나무가 아닌 게 분명한데
마디풀과 일년초 여뀌, 속칭 노인장대
헌칠한 키에 가지마저 무성해
조이삭 같은 붉은 꽃들을 풍성하게 달았다
슬하에 손 많이 둔 다복한 가장이나
튼실한 시 숱하게 생산한 관록의 노시인 같은
풍신 좋은 노인장대 앞에서
초라한 나는 한낱 부끄러운 노인일 따름
직무를 유기한 죄는 석고대죄해도 모자란다
늦여름 예기치 못했던 폭우로 노인장대는
일찍 쓰러지고 말았으나
그 종말은 거인다웠다

참회

젊어서 사랑의 배신에 몸부림치며 손목의 동맥을 끊었
었다
한창때는 노름에 미쳐 알토란 같은 돈을 상당수 날렸
었다
일찍부터 시는 써서 무엇하나 회의하며 뒷골목을 배회
했었다
퇴직 후 집에 불이 나서 평생 모은 값진 그림들을 몽땅
태웠다
카페를 하면서는 식품위생법·농지법 위반으로 구치소
에도 다녀왔다
고희를 바라보면서는 물이 들어 아끼는 책과 스크랩을
모두 버렸다
그러면서도 여지껏 도난은 당해 보지 못했다
도둑은 참 용하기도 하지, 내게 훔칠 만한 값진 것이
없음을 알아차리다니
고백하건대 나는 한번도 선행을 한 적이 없다
차가운 지하철 계단에 꿇어앉아 구걸하는 걸인의 동냥
그릇에
땡그랑 동전 한닢 떨구어 주지 않았고
텔레비전의 불우이웃돕기 성금 ARS 전화 한차례 걸어

보지 못했다
　언제나 철이 들까. 사람 구실을 할까
　그렇다고 빈 하늘만 쳐다보고 있어서야. 고개를 떨구지
말아야지
　수해로 망가진 텃밭에서 아직 한무리의 도라지꽃이
　희고 푸른 꽃들을 피우고 있지 않은가
　잘려도 금세 부드럽고 여린 잎을 키우는 부추를 보아라
　아직 끝나지 않았다. 시간은 남아 있다
　아, 나 깨끗한 종생을 준비할 때

歸路辭說

　모처럼 서울 인사동에 출타 나왔다가 시골 수릉리 집으로 돌아가는 시외버스 안에서, "나는 보았다. 밥벌레들이 순대 속으로 기어 들어가는 것을" 하고 여류 최영미가 내뱉은 「지하도에서」의 촌철살인적 경구의 적절함에 감탄하면서, 우리 산하의 사계를 간판그림처럼 곱게 그린 구리 어느 아파트를 지나면서는, 어지러웠던 머리가 한결 개운해진다.

　학문도 깊거니와 수원 화성 축성에, 오늘의 크레인에 해당하는, 거중기를 발명해 지대한 공헌을 한 다산 정약용의 양택이 있는 마현 어구 능내를 지나면서는, 그런 훌륭한 옛분을 내가 사는 곳 가까이에 두었다는 사실에 긍지를 느낀다.

　순두부 장사를 해 번 돈으로 의고한 한옥을 규모 있게 지은 〈기와집순두부〉가 납작 들어앉은 조안을 지나면서는, 생애 마지막으로 한옥에 나도 한번 살고 싶으면서, 전문지식에 해박하고 글솜씨까지 갖춘 데다 인품도 넉넉한 목수 신영훈을 본 지 오래됐다는 생각에 미친다.

　근래에 와서, 해방 정국에 '건준'*을 결성, 광복된 나라를 인수할 채비를 했던 그의 계획을 따랐더라면, 오늘의 분단 상황을 초래하지 않았을 수도 있었다고 재평가되는 몽양 여운형의 생가가 있는 신원리를 지나면서는, 내가 양평군에 사는 게 행운이라 여겨진다.

집에 거의 다다라서는, 늦깎이로 시작해 크게 빛을 본 가객, 어머니에게 효자 노릇 하려 풍치지구에 수수한 집을 뒤늦게 장만했으나 거기서 모친을 오래 모시지 못하고 저 세상으로 보낸, 장사익을 이번에도 보지 못하고 돌아온 게 아쉽다.

칠십 평생에 무엇인가 놓고 온 것 같아, 누군가를 버리고 온 것 같아 타관의 뒷골목을 서성이고, 지저분한 저잣거리도 기웃대고, 쓸쓸한 나룻가를 거닐어보며 "저 세상에 가서도 다시 이 세상에 버리고 간 것을 찾겠다고 헤매고 다닐는지 모르겠다"고 친구 신경림이 절규한 「떠도는 자의 노래」의 마지막 대목을 동감하며, '아, 이게 시구나!' 통절한다.

나 언제 이런 높은 경지에 간 절창을 뽑아낼 수 있을까, 아득하기만 하다.

---

* '건준'은 해방 직후 여운형이 조직한 건국준비위원회의 준말. '건준'은 하나된 자주독립국가를 세우려던 목적을 이루지 못하고 내홍과 외적 분열로 무실되었다.

복수초

나 사랑하리
복수초를

눈밭 비집고
얼음장 녹이며
추위에 얼굴이 상기된 채
짙노랗게 핀 복수초

나 바치리
복수초를

나에게 생명 주시고
껍데기 거두어 가실
두 분 노친께
달리 드릴 아무것 없어

나 받으리
복수초를

나 그러했듯

자녀에게서 복수초 닮은
손들 슬하에 거두리
다른 아무것 필요없으니

바위이끼

검은 바위에
버짐처럼 핀 청태
일견 메말라 보이나
기실 살아 있는 바위이끼

청태는 하늘에 부끄럼 없이
하늘 아래 저로서 있다
청태는 대기에 거스름 없이
대기 속에 저로서 있다

엎드린 게 아니라
낮춘 게 아니라
제 모습으로 산다
제 깜냥대로 산다

새소리를 들으며
물소리를 들으며
꽃봉오리 벙그는 소리
열매 터지는 소리 들으며

온 산이 곱게 단풍 들고
하나 둘 시나브로 낙엽 질 적에
고추잠자리 한 마리 날아와 앉으면
청태는 더 바랄 나위 없다

그리고 눈이 소복이 쌓이면
청태의 잠은 포근하다
이끼 낀 천근 바위에게
미풍이든 광풍이든 바람은 노래

오리가족

남한강 오리 새끼들
커다란 화통을 앞세우고
야, 신난다! 칙칙폭폭
기차놀이 한다

돌아가는 날

간밤에 잠자리에서
나 한 마리 물오리 되어
무너미로 가는 길 북한강가
삼삼오오 점획으로
물살 가르는 물오리 떼에 끼어
한참을 함께 섞여 놀았는데
참으로 오랜만에
하늘에서 구름이 떠돌듯이
아주 편안했다

내 집 뜨락의 「花鳥狗子圖」

어느 날 문득 발견한다, 내 집 뜨락에
이암의 「화조구자도」*가 그대로 옮겨와 있음을

시원한 여백 트인 공간에
새 나비 벌 나는 복사꽃나무를 배경으로
세 마리 강아지 검둥이, 흰둥이, 누렁이가
물끄러미 앞을 바라보며 앉아 있거나
엎드려 앞발로 벌레를 잡으며 놀거나
또는 갸웃 모로 누워 곤히 잠에 떨어지거나
모습은 제각기면서 한데 어울려서
더없이 한가롭고 푸근한데
한결같이 얼굴은 가면을 쓴 듯 귀엽고
장난기 가득한 중에 익살이 넘친다

은은히 배어나는 저 속박 받지 않는 자유로움과
꾸밈이나 허세를 초탈한 저 천연스러움으로
우리네 민초들의 착한 심성뿐만 아니라
소박한 삶의 값진 진정성마저 아주
감칠맛 나게 그려 놓았구나

내 집 뜰의 강아지들을 보고 있노라면
절로 입가에 엷은 웃음이 흐르는 것이
사소한 게 그저 예사롭지만은 않다
하물며 집 떠나 한참을 타지로 떠돌다가
돌아와 오랜만에 맛보는
안도감과 함께 찾아드는 편안함은
일락에 가깝다

* 「화조구자도」는 조선 중기의 화가 이암의 그림. ‘소그림’에 김식,
  ‘말그림’에 윤두서, ‘고양이그림’에 변상벽이라면, ‘강아지그림’에는
  이암을 꼽았다.

손누비옷의 마음

옛날 산 설고 물 설은 변경으로
수자리 살러 나가는 지아비에게
한땀 한땀 누비옷 지어 입혀 보냈던
이 땅 아낙네의 지극정성 마음씀은
강가 자갈밭에 빨아 널린 광목의
그 하얗게 바랜 순실이어라

낮은 굴뚝

섬진강 따라 구례땅 문화 유씨 종가
운조루에는 별난 굴뚝 '낮은 굴뚝'이 있네
규모는 양반 댁인데 품위와는 달리
죽담 아래 엉성하게 가랫굴이 뚫려 연기를 내는
굴뚝 없는 굴뚝 '낮은 굴뚝'이
연기를 바닥으로 얕게 까네
끼니때 잇지 못하는 가난한 이웃에게 송구스러워
밥 짓는 연기를 집 밖으로 피워내지 못하고
잔뜩 몸을 낮추어 바닥을 기네
염치를 알아 부끄러움을 무릅쓰는
운조루 주인의 민본정신
안주인도 바깥주인 좇아 조신하게
바람 쏘이고 싶으면 안채 다락에 올라
바라지창 열어 풍광을 맞았다네
그러므로 구례를 찾는 관광객은 무릇
사대부가 고택의 품격 높은 모양새보다는
운조루의 귀한 인의를 보고 배워 갈 일
망칠의 나야 그 깨우침을 놓쳐서는 아니 되리

제2부

노인장대를 보러

—소설가 윤후명을 위해

벗고개 넘어가는
초입에서 보름 전에 만난
한 무더기 노인장대를 보러 간다
개울 따라 십리 수릉리길을
어릴 적에 식물학자 되는 게 꿈이었다는
소설가 윤후명에게 이른
노인장대의 안부를 확인해 주러
지루한 장마도 그치고 햇볕 한결 따가워져
붉은 꽃이삭 잘 영글어 고개 숙인
노인장대는 풍채가 장정다웠다
윤 후배에게 희소식을 전할 수 있겠어서
돌아오는 발길이 가뿐하다

하늘보기

이 땅에 발 붙이고서
육신을 기탁한 산 내 들엔 익숙하지만
머리 위의 가없이 너른 하늘은
정작 보지 못하고 산다
삶이 고단한 탓도 있지만 사람됨이 설익고
정신적 여유라곤 찾아볼 수 없이
인정이 각박했던 까닭이다

돌이켜보면 나는 양아치 넝마주이
남루에 해진 벙거지를 눌러 쓴 채
거리의 휴지 조각을 걷어 올리다가는
괜스레 집게를 쳐대며 휘저었었다
헛바닥을 길게 늘어뜨린 떠돌이 개처럼
땅바닥에 코를 들이대고 쿵쿵거리며
구석을 들추고 다니기도 했었다
땡볕에 부단히 교차하며 먹이를 실어 나르는
개미들의 긴 행렬 한가운데에 뛰어들어
판을 깨고 뭉개는 무뢰한 개미핥기
일사불란한 개미 사회의 질서를
길들여진 노예들의 맹목적 복무로 매도해

두들겨패고 부수는 망나니 홍위병이었다

이제 귀밑머리 하얀 칠십 가까이에
바다와 하늘이 구분 안 가는 망망무제의
저기 해변에 나 나아가 서야 하리
거기서 원초적 건강함과 무한한 가능성을 읽고
썰물때 드넓은 갯벌에 바글바글 밥짓는
게구멍의 생명력과 존귀함을 함께 보아야 하겠네
오랜 청맹과니 벗어 눈떠서
못 말리는 성정 철딱서니 없는 행실 모두 버리고
광휘에 싸인 심장과 빛나는 나심으로
아, 세상을 마주해야 하리

無望

아침이면 산자락에 골안개 걸치고
낮에는 쏠비알 물소리 귀청을 씻는
산간 외딴집
밤이면 칠흑 속에 불 하나가
가물거리며 밤을 지샌다
북핵 문제가 갈수록 꼬여 속상하고
정치판 돌아가는 꼴이 한심해 걱정되고
산하가 자꾸 더럽혀져가 안타깝고
시가 도무지 풀리지 않아 괴로워

어둠을 지우며 새벽이 어슴프레 밝아오지만
나에겐 아직도 미명 같은 무망
뼈를 저미는 오한에 떨던
길고 질긴 번뇌와 고통의 시간들이
된 풀처럼 범벅으로 엉겨붙었다
호수에 얼어붙은 빈사의 백조
그 날개를 퍼득이며 살아나게 하지 못하고
차갑고 공고한 대리석 덩이에 갇힌 노예
그를 끄집어내 해방시키지 못하고 있다
피가 돌고 심장이 뛰는 존재로

모든 노고는 수포로 돌아가고
남은 것은 빔과 허함뿐
내 유년의 반짝이는 요정은 날지 않고
소년기의 벗이었던 개똥벌레도 돌아오지 않는다
이 넋이 유성으로 흘러 사라져 좋으련만
나는 골방에 숯검정으로 남아 앉아
계속 딱한 몽매로다
부오나르티 미켈란젤로*여
스테판 말라르메**여
그대 스승들의 신들메도 풀지 못하는
나는 아둔한 종이구나

* 미켈란젤로는 이탈리아 르네상스 시대의 최고 조각가. 「피에타」,
「다윗」, 「모세」, 「노예」 등의 작품이 유명한데, 대리석 덩이에 박혀
웅크리고 빠져나오기만 기다리고 있는 다수의 미완의 상들이 완성됐
더라면, 그 예술적 성취가 어떠할지 궁금증을 더한다.
** 말라르메는 프랑스 근대 상징주의의 대표적 시인. 「목신의 오후」,
「에로디아드」 등 장시가 유명하다. 일생을 영어 교사로 일관하며 시
작에만 몰두, 상징의 완벽을 꾀하느라 작품이 많지 않다.

개울 따라

비온 뒤 활발해진 개울이
돌짝밭을 지나며 여울지다가
바위를 만나면 소리치며
기찬 생음악을 연주한다
옆에선 물봉선, 쑥부쟁이, 왜천궁 따위들이
둘러앉고 서서 열심히 경청한다
개울 따라 지나던 길손도
갈 길을 멈추고 동참한다
나 지휘자로 앞에 서고 싶기도 하나
그건 지나친 욕심이리라
싱그러운 대지와 산들대는 바람
순해진 산빛에 하늘빛 한층 맑아
끝내주게 분위기를 잡으니
이건 일대 교향시로다

농투성이

햇살 부서지는 황토마당에
맨드라미가 온통 피범벅인데
가슴팍 내밀고 모가지 세우고서
맨드라미 닮은 혁혁한 벼슬을 흔들며
위풍당당 걷는 저 수탉
놈은 오만해 보이기까지 하다
붓질이 힘차고 터치가 거친
흡사 최쌍중의 장년기 그림 같다
전진을 뒤집어쓴 채
중원의 흙먼지를 말아일으키며
달려오는 장수의 질풍노도는
곤한 고비마다 견뎌온 농투성이
이 집 주인의 강골한 심지의 표상이다

비오는 날에

산중에 살면서 정 붙여 식구 같던
누렁이 흰둥이 토종개 두 마리
주말에 주기로 약속한 터라
구질구질 비가 내려도 예정대로
개군면 초로의 시인 부부에게 넘겼다
외지인으로서 드물게 농사 짓는 기특한 분들이라

대견하나 감당키 어렵게 잔뜩 무거워진
녀석들을 간신히 안아서 올렸지만
차 속에 짐짝처럼 쑤셔넣고 만 게
못내 마음에 걸린다
전혀 사정을 눈치채지 못하고
그저 좋아라 주인 손을 핥으려는
녀석들의 살가운 정 표시
저들의 선한 눈망울 차마 보기 민망해
외면한 채 돌아선 게 마음에 걸린다

이제 와 후회한들 무슨 소용이랴만
집사람의 성화에 못 이겨 그랬다 해도
살붙이 같던 녀석들을 산 너머로 멀리 보냈으니

인정머리 없는 여자라 아내를 탓하기 전에
줏대 없이 끌려다니는 내 처신이 못마땅하다
자꾸 내가 싫어진다

두 노인

아침 산책길에서 만나는
키 크고 마른 윗머리가 빠진 초로의 사내는
넓지 않은 밭에 가지와 토마토
오이며 줄콩, 토란도 몇 뿌리
취미로 농사 짓는 아마추어 농부
벚꽃마을 전원주택에 사는 그는
외양이 내 중학동창 한영소를 닮아
괜히 친근감이 간다
"열심이네요."
"운동 삼아서죠."
헌 블루진 멜빵바지가 어울린다
하기야 내 친구 한 군은
소싯적에 사고뭉치였던 게 사실이지만
지금은 중소기업의 공장 수위 노릇 하며
제 한몸 건사하니
늙어서 깜냥은 하는 셈
허, 그놈, 오토바이까지 타는 근사한 놈일세

속초행

죽은 줄 알았던 중학동창을 보러
속초로 내려가는 길에
동해를 눈앞에 둔 미시령 정상에서 맞는
몸뚱아리를 떠미는 세찬 바람의 뜻은
무엇이냐. 어떻게 하라는 거냐
자신도 무너져가는 입장으로
친구보다 조금도 나을 게 없는 처지에
나는 난감하기만 하다
미시령 바람아, 차라리 날 먼 바다로 날려다오
아니면 내설악 깊은 골로 던져다오
상하고 싶지도, 망가지고 싶지도 않구나
눈이 오려면 함박눈으로 내리고
비가 오려면 장대비로 쏟아지지
안개비에 설치는 바람은 웬 성화냐
제발 그만 좀 잠잠하거라
너무 가벼워진 나로선 감당키 어렵구나
속 빈 쭉정이, 껍데기뿐인 내 육신에
이제라도 철심을 박을 일이다

이청운의 개

숨가쁘게 가파른 언덕길 위
덕지덕지 시멘트로 매닥질한 산동네
어수선한 전선이 얼기설기 집들을 엮고
과분수로 쓰러질 것 같은 꽃나무 화분 옆에
볼품은 없으나 눈매가 순한
잡종개 한 마리가 엉덩이 붙이고 앉았다
이청운이 그 특유의 어눌한 말투와 달리
그만의 능숙한 그림 솜씨로
청승맞게 그려놓은 산1번지
그는 쟁이답게도 절묘하게
정신 번쩍 나는 코발트 블루의 문
희망의 문내기를 잊지 않았다

장사익의 소리판

가끔 아주 가끔
목줄이 달아오르며 목젖이 메면서
눈시울이 후끈 더워지며
마침내 뜨거운 눈물이 한 줄기 주르륵
흘러내리는, 그런 감격 있어
삶은 덧없지만 않아

깊디깊은 비애의 심연에 빠지고
기나긴 고통의 굴을 지나고
분간 안 가는 회의의 농무에 휩싸여도
어쩌다 장사익의 소리판 같은 신명나는 살판 있어
삶은 살 만해

별의별 일 밑바닥서 일어서
오십줄에 찔레꽃처럼 하얗게 피어나
망륙에 자운영처럼 발갛게 흐드러지는
드문 살판 있어
오만 잡것 떨쳐버리고 일어나
서투른 몸짓으로 춤도 추는 거야

蘭谷 산동네

소방차가 올라갈 수 없는
급경사의 좁은 골목길
아직 연탄을 때고 공중화장실을 쓰며
가게에선 주로 소주 라면만 팔린다
70년대식 가전사 로고가 살아 있는
과거로 사는 난곡 산동네에는
바람부는 날이면 간판이 운다
기와가 날아가 비닐로 때운 지붕은
영락없이 붕대를 감은 환자꼴
햇볕이 잘 들어 난초가 무성했던
이름도 고운 난곡이 시멘트로 매닥질했다
콘크리트로 아예 굳어버렸다
좀 낮게 살고자 하는 의지가
너나없이 시금치 숨죽듯 죽어
상실감으로 차있는 공허한 산동네
누구를 탓하랴, 스스로를 질타할밖에
그러나 궁극적으로 우리탓 아닌가

이발소그림 앞에서

아스라한 고산준령을 배경으로
은빛 비늘 반짝이며 흐르는 시냇물가
싸리울타리 고즈넉한 초가 옆
물레방아가 하얀 물보라를 일으키며 도는
유치찬란한 이발소그림*과 함께
곱상한 탤런트가 요염한 포즈를 취한
캘린더가 걸려 있는 수더분한 식당에서
국밥 한 그릇에 반주를 곁들이노라면
제집마냥 편안하고 마음이 평온해진다
의심 가던 세상살이가 살 만해 보이고
억울하던 처지가 위로가 된다
시가 안 쓰여져도 안달이 나지 않고
친구와 떨어져 시골에 살아도 외롭지 않다
아직은 큰 탈없어 더이상 바랄 게 없다
한 손에 꽃 들고 또 한 손에 목저 들고
서툰 장단에 쉰 목청 뽑아
어적이는 걸음으로 곱사춤을 추어 좋아라

* 일견 유치해 보이는 상업화 '이발소그림'은 그 대중적 친근성이 예
 술적 키치성으로 인정되어, 일부에서는 짐짓 그것을 따르려는 경향
 이 있다.

낙원시장께

돼지껍질 한 접시에 천원 하던
파고다공원 뒤 낙원시장 안
소문난 실비 추탕집 국밥이
옛 인심 아직 살아 있어
오백원 오른 여태 천오백원으로
해장 반주용 소주 반병도 판다
금색견장을 늘어뜨린 모범택시 기사
멜빵에 더글라스 페어뱅크스식 콧수염을 기른 댄디 아
저씨
신사복에 값싼 중절모를 단정히 쓴 노신사
종이봉투를 옆구리에 낀 장년의 샐러리맨
간편한 운동복 차림을 한 실업 청년
간밤에 노름이나 외도로 외박을 한 사내, 저들이 여전
하다
파지를 주로 다루는 재활용센터 옆
돼지머리 국밥집은 오백원이 더한 이천원 균일
헐리우드극장 못미처 행길가에 납작 엎드린
감자국집 순대국집 라면집이 나란히 어깨동무했다
반갑구나, 오랜 친구여

나는 너를 잊지 않았다
너 또한 나를 잊지 않았으리

과메기

톡 쏘는 쐬주 한 잔에
감칠맛 나는 과메기 한 점을
생미역에 둘둘 말아 안주 삼는
이 한때의 살맛

아낙의 힘

배안 비뚤이이나 성정이 고운
강원도 횡성 중금리의 한 아낙이
뒤란의 잡풀을 뽑고 있다
주민들이 모두 이주한 텅 빈
수몰예정지역, 마을에 홀로 남아
아직 제집 제터라고
뒤란의 잡풀을 뽑고 있다
제 불두덩의 거웃이 뽑히듯
그리 아픈 노릇을
아무 내색 없이 묵묵히

아름다운 얼굴

당신들은 사해동포주의자
모두가 닮은 얼굴, 한형제
동양과 서양이 다르지 않고
남녀의 구분도 없다
양미간이 넓고 콧등이 낮아 편해 보이고
눈꼬리와 입꼬리가 처져 순해 보인다
웃을 때는 눈웃음치듯 애교스럽고
때로 고개를 젖혀 큰소리로 웃어제낄 양이면
순도 백 프로로 유쾌하고
낼름 혀를 내밀어 용용 장난치면
타고난 광대보다 익살스럽다
어깨가 좁고 둥글어 아이같이 천진한
몽고증*의 사람들
어떤 솜씨 좋은 화가도
나같이 둔재의 시인은 말할 것도 없이
그들의 아름다운 얼굴을
그려내기도, 노래하기도 정작 쉽지 않네
저 사랑스러운 얼굴!
그저 감탄할 따름이다
아, 내가 닮고 싶은 얼굴이여

나 당신들과 한형제가 되었으면
따지고 보면 우리 모두 한통속 아닌가

* 몽고증은 학명이 몽골리스무스. 염색체 이상으로 생기는 선천성 정
  신박약증의 한 이형이다.

제3부

명창의 목

쪽찐 머리 고운 얼굴에
잔뜩 힘줄 선 목줄기
이런 상극이 어디 있으랴만
한창 휘모리로 접어든
여류 명창의 목은
처절하면서도 기막히게 아름다운
이건 비장미의 극치인거라

어리연 꽃잔치

북한강 물줄기 벗어나 잠시 쉬러
돌아든 가평군 설악면 송산리 호젓한 안골곳
잔잔한 수면 가득 덮은 어리연
푹신한 잎사귀 방석을 깔고 앉아
희고 작은 꽃들을 피우며 수다를 떤다
아이들의 밥상에 흘린 밥풀처럼
작아서 귀여운, 어지러워서 장난스러운
그것들이 무리지어 이뤄내는
놀라운 감동과 그 파급
미풍이 나더러 한 마리 소금쟁이 되어
아예 판에 끼어들라 한다

북4동 보건진료소

―사천의 박구경 시인에게

청록 다도해 끼고도는 사천 외딴
양지녘 사철나무 생울타리 안
하얀 단층 북4동 보건진료소 여소장은 시인
대숲에서 끼쳐오는 맑은 바람에
조선 목가구의 고담한 문기를 피우며
목 긴 청화백자매죽문병 품새로 앉았네
북4동 흙 묻힌 주민들에게 약 주고
이따금 찾는 손에겐 정 나누어주며
저 이탈리아 르네상스의 피렌체
보티첼리*의 여신같이 길쭉한 몸집, 가는 손가락
가냘픈 목, 갸름한 얼굴에
초승달 눈썹 한 쌍 곱게 띄우고서
참, 참으로 조신하게, 그렇게 있네

* 산드로 보티첼리는 이탈리아 르네상스 초기의 화가. 우아하고 섬세
한 감각으로 신화와 성모를 그렸는데, 그의 인체는 길게 늘인 것처럼
길쭉한 게 특징이다. 대표작으로 「비너스의 탄생」, 「봄」 등이 있다.

斷章

집안 뜨락의 눈은 쓸어 정갈하고
산사 마당의 눈은 그냥 두어 고즈넉하니
누구라 어느 게 가타부타하랴

기왓골 타고 흘러 떨어지는 낙수소리는
마음 깊숙한 곳까지 정화해 내는데
창밖에 소리 없이 내리는 궂은비는
나로하여금 비감에 젖어들게 하는구나

정녕 자유로울 수 없는 나
그래서 오히려 인간다운
이것이 인생인가 보다

대숲의 사랑

살을 비비며
몸을 섞으며
찰진 생음악을 연주하는
대숲의 사랑

이이상 싱그러울 수 없다
더이상의 화합이 없다

몇 발짝 밖 저잣거리의 아귀다툼
석유냄새 상큼한 조간신문에 먹물 튀기는 정치판의
이전투구
크고 작은 모임이나 사귐에 똬리 틀고 앉은 구렁이의
음험함
도처에 도사린 쥐눈같이 번뜩이는 이기심
그런 것들은 잊기로 하자

바람아, 불어다오
하늘색 묻어나는 바람아
햇빛 머금은 바람아
대숲은 자체의 사랑으로 바람을 일으킨다

밤 손님

먼 곳에서 들려오는 천둥소리
머잖아 바람이 뛰어올 것이다
빗방울이 내 집 창을 두드리리라
일순 벽난로의 불꽃이 흔들린다
기다렸던 님이 오는가 보다
더없이 푸근하고 따스한 품안
나 돌아가 잠들 깊은 꿈결
손을 위해 깨끗한 침상보를 깔자
너흘너흘 불꽃이 하얀 시트에 어린다
셋이었다가 둘이었다가 하나가 된다

무서운 사진

문갑 위에서 천사들이 미소짓고 있다
눈에 넣어도 아플 것 같지 않은
친손자 외손녀 들의 돌사진
어떤 아이는 햇님을 후광으로 두르고
어떤 아이는 초승달님에 걸터앉고
어떤 아이는 별님을 머리에 이고
한결같이 흰 옷에 흰 레이스관을 썼다
영락없는 천사의 모습
그러나 나는 어이없게도
화면 뒤에 숨은 허위, 어미의 손을 본다
무서워지는 사진
내가 싫어진다

꽃나무 그늘

나의 애견이
꽃나무 그늘에 배 깔고 엎드려
편안하게 나를 쳐다본다

한여름의 작은 안식처

그러나 나는
내 한 마음 담을 그늘을 찾지 못해
힘들어 한다

위안을 찾으나 쉽지 않다

안식은 어디 있나
그야 무덤 속이지
암, 빨리 가야지

요즈음 부쩍 약해진다

盛夏

숨막히도록 짙푸른
검은 녹음이
숨통을 조인다

빛나다 못해
하얗게 바래는 공기는
미치도록 어지럽다

웬만한 기차는 지나쳐 가는
간이역 마당에
맨드라미 피터지게 선연하고
그 옆에 집 잃은 개 한 마리
모로 누워 침 흘리며
졸음에 겨웠다

캐나다로
호주로
뉴질랜드로
요즘 적잖이 이민을 떠나는데
내 딸도 들썩거리고

不歸

보름인데도 그믐처럼 어두운 밤
어미는 돌아오지 않았다
찌개가 졸아 숯검정이 되도록

술 퍼마시고 자빠져도
다른 계집 끼고 누워도
노름으로 까맣게 손톱에 때가 끼어도

어미는 종무소식

지저분한 거리, 어지러운 발자국을 지우며
밤새 눈은 쌓이고
아침 들판 미루나무 꼭대기에서
까치는 우는데, 울어쌓는데

性愛의 아내

찡그리면서도 엷은 웃음 띤
참 편안한 얼굴
꿈결에 님 보는가 보다

훼방할 일이 아니다
저렇듯 애틋한 것을
어느 님이건 님 보라지

그 님이 이 님이면 좋으련만

하지만 뭐 그게 대수냐
나도 깊은 잠에 들어
꿈을 꾸면 되지

차라리 처용* 되어
춤을 추다
쓰러지면 되지

* 처용은 신라 헌강왕 때의 사람으로 전해지는 춤꾼. 그의 아내와 통
  정하는 액신을 가무로 물리쳤다는 설화가 내려온다. 처용은 회회 사
  람, 곧 아랍인이라는 설이 있다.

동백꽃 닮은 여자

한 몸 잔뜩 꽃들을 피워 장관이고
송이마다 빨간 숯불을 밝혀 요염하고
짧지 않은 개화를 마감하면서는
한 점 흔적 남김 없이 오무려 떨어뜨려
장려하나 산뜻하게 산화하는 동백꽃

내 여자는 동백꽃을 닮고
그래서 유난히 동백꽃을 좋아한다
하지만 사랑할 적엔 데일 만큼 뜨거우나
한번 마음 돌아서면 얼음보다 더 차가워져
댕겅댕겅 꽃목을 서슴없이 딴다
평소 비둘기 가슴마냥 부드럽고 따스하지만
틀어져 뱉는 말은 비수보다 예리하게 찌른다

얼음을 불로 싼 내 여자
순백의 날개에 날카로운 송곳니를 드러내는
모순의 덩어리, 풀 수 없는 불가사의!
때문에 나 그대를 사랑하는지 모른다
헤어날 길 없는 깊은 수렁에 빠져 허우적거리며

우리의 사랑은 숙명인가, 예정돼 피치 못할
악연에도 그나름의 꽃은 피어나리만
너로하여 나는 늘 상처 받아 아파하고
애써 찾은 평정심은 번번이 산산조각나
한참을 가늠키 어려운 혼란에서 헤맨다
죽어야 해결 날 일이니 갈수록 첩첩산중이다

寂滅

80

어느새 담장 안 산목련이 잔 꽃들을 잔뜩 피우고
논두렁에선 신씨네 가족이 모판을 준비하는데
나는 블라인드를 내리고 저급 비디오를 보며
햇빛을 죽이고 있다. 시간을 목조르고 있다
화면에서는 마구 총기가 난사되고
진한 정사 신이 고조된다
나는 쓰러지고 또 쓰러진다
멀리 뜰의 개 짖는 소리

고통과 바다

눈물에 젖은 빵을 먹어보지 아니하면
간이 배지 않은 음식처럼 그 인생은 무미하다
실패와 좌절, 모멸과 낙담, 추락과 절망
겹겹의 고통 바닥 모를 나락
어둠의 긴 잠매에서 헤어나
마침내 가없는 바다로 나아갈 제
가슴을 열고 심장을 젖혀
눈부신 백주의 한가운데에 서서
갈기 풀고 달려오는 백마떼
파도가 바위를 때리며 하얗게 부서지는 포말을
온몸으로 맞아 마땅하다

아침 스케치

참 오랜만에 고개 들어 무심히 하늘을 본다
맑게 갠 하늘의 멀고 가없는 넓음
구름 같은 것이 활 모양으로 이쪽에서 저쪽으로 가로질
렀다
구름인가 비행운인가 분간이 안 가
우정 한참을 딴죽치다 되돌아본 즉
구름 같은 것은 저만치 가고 낮달만 제자리다
필경 잠시 뒤엔 그나마 흔적 없이 지워지리라

허망 중에 고개 떨구니
지척에 거죽이 남루하고 몰골이 초췌한 한 중늙은이가
등때기만한 척박한 땅에 심은 고추에
건성 친 가지 지짓대를 꽂아 곧추세우고 있다
이게 인생이지, 제정신 들며 세상이 보인다
저 아래서 도시의 소음이 깨어나고
아침 동산에 새소리가 지저귄다

아파트 쪽에
우유를 걸으러 나온 새댁이
수채화처럼 신선하고, 드로잉처럼 섹시하다

흐트러진 머리 지워진 화장이 간밤의 사랑을 내비치고
  이웃 동에서는 출근이 이른 샐러리맨 가장이 부릉부릉
차에 시동을 건다
  풋풋한 아침, 오전 6시경

제4부

흰 저고리 검정 치마

흰 저고리 검정 치마
너무 아름다워 흠갈라
운을 떼지 못하다가
생 꽁지머리에 엷은 화장
둥근 어깨에 초승달 눈썹
이밥 눈에 박꽃 미소가
조선 미인의 전형이라서
매끈한 몸매 타고 흐르는
긴 고름끝이 춤추는 듯
걸음새마저 날렵하니
아, 내 사랑하고픈 여자여라

두물머리에서

겸재의 「족잣여울」*보다야 못하지만
북한강 남한강 두 물 합치며 묘를 이룬
한 폭 청록설채화, 두물머리에 서면
끝내 서울은 가본적으로 남고
본향은 역시 평양, 그리움으로 살아난다

이름처럼 수양버들 하늘하늘 춤추는
내 고향 평양시 유동 대동강가
할머니도 어머니도 이모도 고모도
버들처럼 맵시났다. 기생처럼 고왔다
고대 위 고래등 같은 요릿집 아래
푸른 강심에 유유히 떠도는
울긋불긋 용두머리 장식한 기생배에선
풍악소리가 끊겼다 이어졌다
매생이 타고 맞은편 양각도로 건너가
형들의 고추 굵기만한 희멀건 메를 캐고
멀리 선교리에 불이 들어올 때까지
샛강에서 조개를 잡느라 정신없었다

대동강가 고향 그리워 양평에 살며

아침에는 북한강 물안개에 할머니 뵙고
저녁에는 남한강 잔물결에 삼촌들 만나고
사방이 시원히 트인 두물머리에 서서
북한강 남한강 두 물 합쳐 한강을 이루듯
남 북이 하나되어 고향길 열리길 비네

* 겸재는 조선 중기의 화가 정선의 호. 그는 '진경산수'를 이룩한 대
가인데. 「족잣여울」은 그가 양천 현령 시절 한강 상·하류의 명승을
담은 노년기의 『경교명승첩』 중의 하나로, 족자섬을 중심으로 한 두
물머리 근방이 소재의 대상이다. 팔당댐 건설로 인해 지금의 양수리
로 변모되기 이전의 본모습을 보여준다.

망향의 편지

혹여 살아계시다면 배곯으시고
돌아가셨대도 넋마저 편치 않으실
납북되어 간 두분 삼촌
짐 챙기러 삼팔선 넘으셨다가 발묶인
할머니께서야 워낙 강파른 옛분이니
그쯤은 예사로이 견뎌냈을 일이지만
그곳에 남은 외삼촌 외할머니도
별반 다르지 않을 테고

오십년이 넘게 지난 오늘에
조금도 빛 바래지 않은 고향 풍경은
내가 가진 단하나의 보석
평양 친가 유동 기생만치나 미색인
수양버들 아래 매생이가 떠있는 대동강가여
외가인 탄광촌 사동은 강돌마저 검어
맑은 물빛이 더욱 푸르렀다오

아버지의 어머니이신 나의 할머니!
고향 갈 날이 너무 막연해
제이의 고향으로 삼은 무너미 북한강 건너

마석땅에 당신의 아들 며느리를 눕혔습니다
망향하시라고 남으로 머리 두고 북을 향하게 해
머잖아 이 손자도 양친을 따라
논산 오강리 여자 손자며느리와 함께
그 아래 육신을 뉘겠습니다

열차는 다시 오지 않으려나

—6·15 남북공동선언 즈음에

나 참 오랜만에
한번 떳떳하게 사내다워져
그녀를 찾고 그 또한 날 맞아
더할 나위 없는 운무의 정 나누고
밀월의 단꿈에 젖으니
우리 사이 살아나는
원앙같이 고운 부부금실

훤히 트인 역전 한길 시원하게 뚫려
조만간 아무 거침없이
시집 친정으로 오갈 수 있을 것 같아
단숨에 역으로 내달았으나
얼마 전까지만 해도 말끔하게 단장하고 있던
북으로 가는 열차가 보이지 않는다

텅 빈 플랫폼에 스산한 바람만 감돌고
가슴이 와르르 무너져내린다
성급한 기대였는가
짙게 드리우는 허망
저리고 아려오는 슬픔에

다시 켜켜로 쌓여가는 앙금
아, 열차는 다시 오지 않으려나
그러나 깨어진 꿈을 꿰맨다

뜨거운 마당

여름내 내 집 뜨락에
맨드라미며 봉선화, 백일초며 천일홍
분꽃이며 나팔꽃 그리고 채송화
우리꽃 잔치가 벌어졌다
한창 막바지 평양 아리랑축전이 옮겨온 듯
알록달록 색색으로 화사하게

대문께 바자울 앞으로는
분홍, 선홍, 심홍에 군데군데 하양
복스럽게 피어오른 얼굴
키 큰 접시꽃 무리가 기립했다
몸통에 잔뜩 커다란 훈장을 단
촌스런 인민영웅 아재들같이

박수와 갈채, 환호로 끓는
화해와 화합의 뜨거운 마당

박노해의 金剛松

얼굴 없는 시인이었던 박노해가
어느 날 백주에 풀려나 얼굴을 드러내
그 신비가 깨져 아쉽고
이러쿵저러쿵 그에 대해 말이 없는 건 아니지만
투사로 보이기보다 천상 얌전한 백면서생이어서
나는 그가 좋았다
강연도 여러 곳 불려 다니지만 가는 곳마다
덩치 큰 사람들 앞에서 낮으나 단호한 어조로
우리 모름지기 휘고 굽은 초라한 재래종 솔이 아니라
올곧고 용틀임해 오르는 금강송이어야 한다고 역설해서
나는 그가 미더웠다
이라크 전쟁 때는 용감하게 일찌감치
단신 바그다드로 들어가 전쟁 중지를 외쳐
그가 정녕 달리 보였다
곱상한 얼굴 여린 외양과는 다르게
깊게 파인 미간, 부릅뜬 눈의 그는
강골한 우리의 다비데
마지막 남은 황야의 외로운 의인이라
그를 두고 작은 거인이라 하리

노방에서

사월에 노란 애기똥풀이 유아의 살보다 여리고
오월에 자색 엉겅퀴가 여인의 눈화장보다 짙더니
유월에 골안개 사라지듯 이것들 보이지 않고
본새 없이 무성한 개망초만 노방에 희뿌옇다
행길 위 차에 깔려 밸 터져 너부러진
애꿎은 뱀의 횡사를 애도하고 있는 것이다

다같이 유월에 있었던, 잊지 못할
6·25 사변에 남북되어 간 두 삼촌
6월 민주항쟁에 피흘리던 젊은 학생들
6·15 남북공동선언 때 굳게 손잡던 두 정상
그립고 아쉽고 설레던 기억들이 뒤안으로 사라지는 듯
하여
이른 장마로 뒷산에 갇힌 멧비둘기 구구구구 힘없이
울고
풀섶에 숨은 들고양이 새끼 애타게 어미를 부른다

하지만 곧 지루한 장마가 끝나
키다리 접시꽃들이 농가 앞에 무리져 피어 수런대고
닦아놓은 전원주택 터에서는 아침 저녁으로

연노랑 달맞이꽃들이 저마다 해맑으리라
　그리고 우리집 개는 배불러 장마끝 출산이 자못 기다려
진다

點燈師
—김규동 선생 〈통일염원서각전〉에 부쳐

담배 한 갑

시위장 같은 데서 가끔 만나면
불쑥 호주머니에 쑤셔넣어 주시던
김규동 선생의 백양담배 한 갑

그것은 후배에 대한 사랑
열심히 하라는 격려였다

작은 키 깡마른 몸집에
소년같이 가벼워 보이는 선생의
천근 바위 같은 사랑의
잠자리 같은 실천

실바람처럼 경쾌하구나
솜털처럼 부담없구나

젊어서는 모더니스트로
늙어서는 통일일꾼으로
열심히 사시는 선생

타박타박 성내를 돌며
거리의 등불을 밝히는
등이 굽은 점등사여

함북 경성 사람이자
서울 대치동 사람인
김규동 시인

廣山 이 사람

—구중서 박사의 회갑에 부쳐

광산* 이 사람이
이제 예순 해를 넘기려네

그 사람의 굼뜸으로 보아
앞으로 그만큼은 더하겠네

저 사람을 보세

구릿빛 윤나는 이마빡은
그의 건강한 정신인 양 반짝이고
사슴같이 부드러운 눈망울에는
그의 선한 심성이 어리네
뚜벅뚜벅 느린 걸음걸이에서는
그의 학구적 저력이 읽히고
거목마냥 우람한 체구는
그의 넓은 흉도를 보이네

그러니 말일세만
자네 곁에 서면 나는 자꾸 작아진다네

광산 이 사람
크고 넓고 깊은 산 같은 사람아

내 평생 가진 것 중에 가장 소중한 것은
자네와의 값진 사귐일세
우리는 글벗이자 인생동무
술벗이자 아웅다웅하는 바둑친구 아닌가

* 광산은 문학평론가 구중서 박사의 아호.

서글픈 봄날

서기 2003년 3월 19일
개나리 진달래 흐드러지게 핀
봄날 좋은 날에
부시가 후세인에게 최후통첩을 보낸 저녁
미국 증시를 따라 한국 증권이 20포인트나 껑충 뛰었다
오늘따라 석간신문의 석유냄새가 역하다
이것이 자본주의의 속성인가
단지 인심의 흐름인가
묘한 서글픔이 번져온다
집사람도 동감이다

억새

나는 억새를 좋아했지
풀 같지도 꽃 같지도 않아
그닥 호부가 없는 다년성 야생초여서
나는 좋아했지, 억새를
가냘픈 줄기로 끊임없이 바람에 시달리며
아슬아슬하나 꺾이지 않고 버티고 서는
항거와 응전 그리고 불굴의
억새를 높이 샀지, 나는

내게는 억새에 대한 몇 가지 추억이 있어

일제 시대 내가 어릴 적
작은 장난감 일본도를 가지고 싶어했던 나에게는
일 천황 군모 위의 장식 깃털이 꼭 억새를 닮아 멋있어
보였던
부끄러운 기억이 있네
철들어 세상 물정에 눈뜨면서
제주도 출신 화가 강요배의 그림 「동백꽃 지다」를 보면
서는
4·3 민중항쟁으로 무고한 양민들이 무수히

억새 핀 오름에서 학살당한 사실을 알게 되었던
아픈 기억이 있네
연이은 박·전·노 군사정권에 죄 없이 몰려
민주화운동 학생, 청년, 인사 들이
주린 배 움켜쥐고 억새밭에 몸을 숨기며 다녔던
슬픈 기억이 있네
그리고 억새의 사투리인 으악새를
날으는 새로 잘못 알고 한동안
낯 뜨거운 줄도 모르고「짝사랑」을 청승맞게 불러댔던
웃기는 기억이 있네
또 영화「서편제」에서 아비 제자가 딸과 이별하는 대목
에서
억새가 흔들리는 들판을 원경으로
햇살 부서지는 삼거리 황톳길에서 덩더꿍 장구 치며
덩실덩실 어깨춤 추던 장단에 추임새 넣던
즐거운 기억이 있네

나는 억새를 좋아했지
풀 같지도 꽃 같지도 않아
그닥 호부가 없는 다년생 야생초여서

나는 좋아했지, 억새를
가냘픈 줄기로 끊임없이 바람에 시달리며
아슬아슬하나 꺾이지 않고 버티고 서는
항거와 응전 그리고 불굴의
억새를 높이 샀지, 나는

내 안의 사라예보

내 안에 사라예보*가 있다, 세르비아와 보스니아가 대적하는
무고한 표적을 노리는 저격병의
비열하고 비정한 가늠쇠 앞에
의미 없이 쓰러지는 꽃청춘
내전의 발칸, 사라예보의 비정한 살육이
내 안에 있다. 시퍼렇게 살아 있다

내 안에 코소보**가 있다, 세르비아와 알바니아가 대적하는
날카롭게 찢겨진 포신보다 더
거덜난 양민들의 시신이
쓰레기로 버려져 이루는 시산시해
내전의 발칸, 코소보의 가증한 인종청소가
내 안에 있다. 까맣게 살아 있다

내 안에 판문점 공동경비구역이 있다
내 안에 여의도 국회의사당이 있다
이빨을 드러내는 일촉즉발의 대치, 독사의 눈같이 싸늘한 반목

겨 묻은 개 똥 묻은 개 얼려 뒹구는 이전투구
남북의 팽팽한 긴장, 여야의 치사한 대결이
내 안에 있다. 시뻘겋게 살아 있다

그러나 장송곡은 연주하지 말라
차라리 진혼곡을 불러다오
검정 보타이를 맨 신사, 흰 블라우스를 입은 숙녀
처녀 총각, 노인 어린이 모두 모여
클라리넷과 오보에, 플루트와 피콜로, 트럼본과 트럼
펫, 호른과 튜바
바이올린과 비올라, 첼로와 콘트라베이스, 팀파니와 트
라이앵글까지
한데 어울려 세계가 일대 화합의 앙상블을 이루자
백두에서 북악을 거쳐 한라까지
손에 손잡고 인간띠로 이어져
오랜 미명과 적요를 거두고 광명 순리의 천지를 펼치자
한반도에, 이 나라에

* 사라예보와 ** 코소보는 동구권 공산국가들의 자유화 바람에 유
고연방이 해체될 때 분리 독립한 국가. 그러나 인종 간의 반목으로
내전에 휘몰려, 발칸반도의 화약고로서 위험을 안고 있다.

슬픈 지뢰밭

숨어서 인명을 노리는 치사한
저격수의 가늠쇠보다 비열한 지뢰심기
가공할 지뢰밭이 캄보디아에, 베트남에만 있지 않다
이 나라 남북 군사분계선, 철원 수복지구에도 있다
그리고 내 마음밭에도 자리잡고 있다
진리를 사랑하고 이웃과 더불어야 할 마음밭이
무고한 백성들을 이유 없이 죽이고
산다 해도 사지를 잃게 하는
세상에서 가장 고약한 살상의 온상이라니
나를 찾는 이들이 나로하여
다리를 잃고 목발로 뒤뚱거리는 불상사
나는 본래부터 악한인가, 용서 받지 못할
누가 내 마음밭에 지뢰를 심었을까
목숨을 노리는 악랄한 덫을
다른 누가 아닌 나자신인지 모른다
아무튼 무서운 지뢰를 묻은 장본인은 사람
사람이 살아야 할 터전 들과 숲에
사람을 죽이기 위해 지뢰를 숨긴 것은
아이러니하게도 똑같은 사람이다
인두겁 쓰고 차마 할 수 없는 가증된 짓을

겁도 없이 저지르고 나서
이제 와 뒤늦게 몹쓸 지뢰를 뽑는다고
법석 떠는 것도 다름아닌 사람인 것이다
언제는 지뢰를 묻어 숨기고 이제는 솎아낸다니
도저히 이해가 가지 않는 인성의 모순!
정녕 지뢰는 장난감이 아닌데
철든 어른들이 지뢰를 갖고 놀음을 일삼다니
어디 광명천지에 있을 법한 일인가
죄 중의 대죄, 속죄할 길 없는 패륜인 것을

존엄과 모멸

다 이긴 전장에서 맞닥뜨리는 적과의 만남일지라도
그것은 아뜩하다
박빙을 밟는 긴장, 백척간두에 선 떨림
승자가 패자보다 더한 두려움에 사로잡힌다
그리고 부끄러워진다
대저 평범하고 선한 졸병의 심리적 동태로서
그래야 마땅하다
죽느냐 죽이느냐는 살인 게임이 아니라
인간 약점이 적나라하게 드러나는 양심의 현장이기 때
문이다
그러나 제국주의자들은 패배감에 난감해 하는 적 앞에서
우월감에 우쭐하는 우를 범한다
개인에게 가장 값진 존엄을 깨부수고 짓밟아
약자로하여금 모멸에 치떨게 하는 죄악!
패권주의는 이겨도 이기는 것이 아니고, 차지해도 차지
하는 것이 아니다
필연코 사면초가를 자초해 종당에 고립무원에 빠져
스스로 무덤을 파는 꼴이 되고 만다
이것이 순리다

세기말식

속옷이 밖으로 나와 버젓이 겉옷 행세를 하는, 이른바
란제리 룩
속곳 안에 조신히 감추던 배꼽을 아예 드러내는, 뭐 탱
크톱 패션이라나
따위가 유행한 90년대 후반

"이유 같지 않은 이유로 변명하려 들지 마……
난 널 위해 더이상 슬퍼하기 싫어……
네가 그러면 난 너의 곁을 떠나고 말거야!"
당차게 쏘아붙이는 박미경의 「이브의 경고」가
눈물겨운 순정성을 검은 롱부추로 깔아뭉갰다

"야, 내가 째줄까?"
"이 새끼야, 가운뎃다리 부러지려고 그래!"
고독녀와 진실남의 만남은 이제 먼 고전이 되고
가시 돋친 설전에 적의만 번뜩였다

장후를 좋아하는 계집과 단소를 부끄러워하는 사내가
절뚝거리며 가는
불구의 거리, 요철의 비탈길

지퍼처럼 편리하게 정조를 여닫고 지조가 매끄러운 슬
립처럼 흘러내린다
도청이 사생활을 벌레먹는가 하면 몰래카메라가 밑구멍
까지 까발긴다

술집 동네 무교동의 비둘기도 비만증이구나
'있는 집' 자식일수록 아이들이 비만으로 어린 괴물만
같아진다
자모님들이 만든 자업자득
여사님들 제 한몸 다이어트에 별의별 짓 다한다. 가히
필사적이다
모두가 힘들어 하는 IMF 환란에 사모님들께서는 '이대
로'를 외친다

혹세무민하는 말세론, 사교집단의 대규모 동반자살
해커의 위험한 장난, Y2K의 불안 등등
동·서베를린 장벽 붕괴에 부러움으로 보내던 갈채와
차례로 찾아온 동구권의 자유화 바람에 설레던 기대와
그리고 예기치 못한 거대 소연방의 해체·몰락에 어쩌면
안도와 함께 떨칠 수 없었던 허망감에

이애주가 민중 춤판을 떠나 고전 승무로 돌아가고
김지하가 타는 목마름을 추슬러 생명사상에 눈트고
박노해가 신산한 노동의 새벽에서 백주 광명천지로 나
왔다
하지만 왠지 뒷맛이 개운치 않았다

그러나 보라, 흰 장삼 휘돌아가는 승무를
붉은 황토 고갯마루 푸른 무덤에 맺히는 영롱한 아침
이슬을
뒤틀리고 꼬인 지지리 못난 소나무를 거부하고 올곧게
용틀임해 오르는 금강송을
새 천년의 희망찾기에서 '더불어 숲' *을 이루고자 하는
아우름이여
수정주의는 변절인가
개량을 위한 온당한 시류가 아닐까

* 『감옥으로부터의 사색』의 저자 신영복의 또다른 저서 『더불어 숲』
의 제목. 나무들이 더불어 숲을 이루듯 민중 개체가 한데 모여 공생
적 공동체를 이룩, 이상사회를 건설하자는 사상을 담고 있다.

청바지와 노랑머리

후배로부터 블루진을 입는다고 주자파로 몰려
닦달을 받은 씁쓰름한 기억이 새롭다
그로부터 얼마 뒤 홍위병의 난동이 가라앉고
'흑묘백묘'론*으로 수정주의자로 찍혀 밀려났던 단구
의 등소평이
오뚜기처럼 살아나 대륙을 개방, 실용주의를 내세워
신발을 짝짝이로 팔던 절대빈곤의 벌거숭이 중국을
머잖아 미국을 앞지를지도 모를 초강대국으로의 길을
텄다
절벽 같던 동·서베를린의 장벽이 무너지고
동구의 공산위성국가가 차례로 이데올로기의 갑옷을 벗
어 던지고
마침내 거대 소연방이 해체 붕괴되어
자본주의의 상징이었던 청바지는 젊은이들의 선망의 적
을 넘어 애용품이 되었다

청바지는 애초 미국에서 카우보이의 작업복으로 입히던
질기고 값싼 면옷으로 서민들이 즐겨한 편리복
노랑머리 파란 눈에 색 빠진 블루진이 어울리는 게 사
실이지만

이제는 피부색에 구애 없이 세계적으로 보편화된
실용복이 되고, 하나의 패션이 되었다
요즈음 노랑머리가 황인종은 물론 흑인에게마저 대유행
너나없이 지구가 온통 노랑머리 일색인데
누르딩딩한 한국인의 피부와 어울리지 않고
검은 눈썹과는 너무나 동떨어질 뿐 아니라 숫제
까만 눈동자에는 너무 이질적이라 최근엔
한술 더 떠 눈동자마저 푸르게 보이려 컬러 렌즈를 붙
이는 지경이니
우리의 정체성은 내팽개쳐도 좋은 나이롱뽕인가
삼단같이 검은 아낙네들의 머릿결
투명한 호수 속 바위섬 같은 처자들의 흑요석 눈동자
모쪼록 우리 고유미를 잃지 않아야 할 것이다

<hr>

* "흰 고양이든 검은 고양이든 쥐를 잡는 고양이가 좋은 고양이다."라
는 뜻의, 모택동의 '대약진' 운동을 비판한 등소평의 실용주의의 상징
적인 슬로건.

제5부

新生

껴묻어 들어온 이웃집 빨래의 낯설음
낯설음은 오히려 신선함으로 다가오고
신선함은 빵빵한 에너지를 충전시켜주어
새로운 지평에 푸르디푸른 깃발을 나부낀다
신생의 빛남이여, 광휘의 새로움이여

걸작

여체의 등허리와 둔부를 닮은 첼로를
두 무릎으로 감싸 안은 재클린 뒤프레*의 포즈는
어쩌면 저토록 어울릴까
때론 지그시 눈 감고 부드럽게 어르고
때론 고개를 뒤로 젖히고 유장하게 늘이다가
한때 머리를 흔들며 세차게 몰아치지만
종당에는 몸을 가누어 보듬고 재운다
멍 무반주 첼로 독주

성녀 안나를 어깨에 밀착시키거나
부드러운 무릎으로 감싸 안으면서
아기 예수에게 자애로운 미소를 보내는
레오나르도 다 빈치의 「성모 마리아와 성녀 안나」**
성성과 모성 그리고 여성이 혼융하여 일체를 이룬
탄탄한 삼각구도의 걸작에는
르네상스적 고전의 성취가
스푸마토적 기법의 모호함에서 살아났다

오늘날에 와서는
〈플럭서스〉의 샬로테 무어맨*** 양이

벌거벗은 몸에 두 대의 TV를 브라자로 착용하고
틀도 없고 현도 몇 줄 안되는 투명 첼로를
글리산도 ****로 활기차게 긋는다
명 연주인가, 깜짝 퍼포먼스인가
그림도 아니고 조각도 아니고 설치도 아닌
아무튼 기막힌 난장

* 재클린 뒤프레는 영국의 여류 첼리스트. 피아니스트이자 지휘자인
다니엘 바렌보임과 좋은 음악인 부부를 이뤘으나, 근위축성측삭경화
증으로 화려한 연주 생활을 접고 젊은 나이에 아깝게 타계했다.
** 「모나리자」로 유명한 이탈리아 르네상스의 거장 다 빈치의 성모
상. 그가 창안한, 그림 속 인물의 가장자리를 풀어 흐려 모호하게 그
리는, 스푸마토 기법을 사용한 「성모 마리아와 성녀 안나」는 다 빈치
의 복잡한 정신을 이해하는 데 열쇠가 된다고 한다.
*** 무어맨은 백남준과 함께 〈플럭서스〉 그룹의 동인. 첼리스트인
그녀는 백남준과 함께 「살아 있는 조각을 위한 TV 브라」, 「TV 첼
로」를 선보여 사람들을 깜짝 놀라게 했다.
**** 글리산도는 현악 연주법 중의 하나. 크고 활기차게 현을 긋는
기법. 손가락으로 현을 튕기는 피치카토와 대비된다.

요셉 보이스 씨

사람들이 입성을 입듯
요셉 보이스* 씨는 흰 와이셔츠에 레저용 재킷을 받쳐
입었다
그리고 중절모를 반듯이 썼다

일견 어색한 차림의 묘한 어울림
그만의 트레이드 마크

편리주의일 수도 개인취향일 수도 있지만
그는 자신의 복식 자체까지 미술이라고 생각했는지 모
른다
나로서는 당혹스럽기만 하다

이상한 일이다. 젊어서는 아니었는데
환갑을 넘어 칠순을 바라보면서 거꾸로 나는
그가 이해되는 것 같다

* 요셉 보이스는 20세기 독일의 전위적 관념예술가. 캔버스를 버리고
이벤트와 퍼포먼스를 즐겨했다. 우리나라의 세계적 비디오 아티스트
백남준과 함께 동인그룹 〈플럭서스〉를 이끌었다.

요셉 보이스 씨는 멋쟁이
그가 좋아진다

레드 카드

나의 손은 고엽

《파손 우려
요 취급주의》

옐로 카드를 받았다

뭉글어지고 이지러진
프란시스 베이컨*의 인물보다
흉측한 나의 몰골

이제 레드 카드 차례

* 베이컨은 아일랜드 태생의 영국 현대 화가. 극도로 일그러진 인상 묘사를 통해 억압당한 현대인의 고독, 불모성, 욕망, 폭력성을 표현주의적으로 나타내 '신구상회화'라는 신경향을 만들었다.
** 클랭은 니스 태생의 프랑스 현대 화가. 누보 레알리슴의 기수로 회화의 비물질성을 추구, 모노크롬화를 이뤘다. 현악 연주에 맞춰 나부들이 푸른색 물감을 몸에 바르고 캔버스에 비벼 생기는 우연의 자취를 그림으로 삼는, 독특한 그리기를 창안했다. 기성의 석고 토르소에 코발트 블루를 입혀 조각으로 내놓기도 했다. 코발트 블루는 그의 전매특허다.

한없이 깊고 가없이 너른
이브 클랭**의 코발트 블루, 거기
익사하고 싶다

고래

물구나무섰다가
커다란 호를 그리며
좌우대칭의 꼬리지느러미가 스러지면서
물보라 일으키며 수면을 친다
줌 인—
슬로모션처럼 소리 없는
느림의 우아함
롱 테이크 하면
고래가 바다에 잡히는지
바다가 고래에 먹히는지
모호해진다
결국 고래도 바다도 디졸브

위대한 사막

일견 변함이 없는 듯하나 기실 시시각각 변화무쌍인
무변 광활한 불모의 사막. 거기에
눈에 띄지 않는 뭇 미물들까지 다양한 생태가
적막 속에서 숨막히게 벌어지고 있다
사막은 살아 있어 위대하다. 그리하여
생텍쥐페리*가 그의 애기와 함께 그에 귀의하고
앙리 루소**는 집시풍의 색색 담요를 덮고 잠들었다
만돌린을 손에서 놓은 채

* 생텍쥐페리는 현대 프랑스의 작가. 비행사로서 항공소설을 개척,
  위험을 무릅쓰고 행동하는 인간의 아름다움과 고귀함을 그려 행동주
  의 문학을 낳았다. 『인간의 대지』, 『야간비행』, 『남방우편』 등 작품
  이 있다.
** 앙리 루소는 현대 프랑스의 화가. 세관원으로 일하다가 장년이 되
  어서야 그림을 그리기 시작, 어느 유파에도 속하지 않고 그만의 독
  특한 초현실적 경향의 화풍을 이뤘다. 「잠자는 집시」, 「원시림」 등이
  유명하다.

책읽기

나는 책을 읽는다, 즐거이
서진*으로 책장을 지지르고 읽으니
한결 읽기가 수월하고 내용이 솔솔 들어와서
책도 자장가처럼 눌러주는 서진의
적당한 무게를 즐기고

한 팔은 엉치에 얹고
다른 한 팔로는 머리를 받친 채
다리를 붙이고 모로 누운 책누르기 서진
나의 오달리스크

벌거벗은 그 작은 여자는 요즘 내 애인으로
그를 앞에 놓고 책 읽는 삼매경에 빠진다
공부도 하고 여자와 가끔 눈도 맞추며
쏠쏠한 재미를 보는 책읽기의 즐거움

그런데 아내와 아내가 나가는 교회의 사모는
입 모아 망측하다고 내숭을 떨지만
그 작은 여자는 찡긋 눈짓하며
괘념치 말라고 내게 속삭인다

다행인 건 우리 예쁜 손녀가 내 편인 것
"할아버지, 저 여자 귀여워요. 그렇지 않으세요?"
책과 더불어 누드화를 좋아하는 나를
추호도 불결하게 생각지 않는다

나신은 거짓 없는 자연
나신 안에 무구한 나심이 들어 있고
나심 속에 불변의 진실이 박혀 있다
익어 터져 알알이 영롱한 석류!

넘기는 책갈피마다 미소짓는 나부가
농밀한 석류의 잔치로 나를 안내하도다
공부를 좋아하는 자는 대저 군자
책을 사랑하는 자는 무릇 현자
진리를 깨우치려는 가인이어라

* 서진(書鎭)은 책읽기에 편리하게끔 책장을 지질러주는 무겁고 납작
  한 책누르기. 돌이나 쇠로 만들어졌다.

하이에나의 힘

　슬금슬금 눈치를 보다 남의 먹이를 훔치는 하이에나는
몰염치하다
　뒷다리가 짧아 걸음걸이도 엉성하고 생김새는 호감 가
는 구석이 없다

　바람을 가르며 초원을 내닫는 치타의 쾌속질주
　소리 없이 창공을 맴도는 수리의 정지비행
　다이버처럼 수면으로 내리꽂는 가마우지의 수직강하
　그것들은 아름답다
　정수리가 서늘하도록 아름답다
　늦게야 알아차린 미감

　그러나 하이에나는 추하고 침을 뱉을 대상이기만 한가
　집요하게 기회를 엿보다 기어코 사자의 밥을 빼앗는 하
이에나에게는
　최강을 물리치는 그들만의 떼힘이 있다
　재고의 필요가 있다

　그러므로 앞의 진술의 수정이 불가피하다

가치관의 다양성 때문이다
또 한 가지 배웠다

개개비

개개비
이름처럼 가벼운
꼬마 새

작은 몸집에
체온은 따스해
알을 품어 깐다

제 핏덩이 죽인 뻐꾸기 새끼를
피붙이로 잘못 알고
애지중지 키우고는

친어미에게 빼앗기고도
기른 정 고집할 줄 모르는
착한 심성

멍청이라 더
정이 가는
꼬마 새 개개비

너를 닮아
세상이 좀 너그러웠으면
개개비에게서 배운다

황혼의 한때

모자라야 여운이 있다
비어야 기대가 있다

여러 해 전 해외 단체관광에서
용감하게 혼자 떨어져 나와 유레일을 타고
흔히 베니스라는 베네치아에 당도해
노을이 비끼는 산마르코광장의
비둘기도 귀소한 노천 카페에 앉아
저녁 한때를 나 홀로일 때
가벼운 한기에 떨리는 윗몸 껴안으며
자잘히 무늬져오는 외로움은 외려
한 줄의 사연이지만 부칠 곳이 없어
도로 호주머니에 집어넣는
관광사진엽서의 사치한 행복감이었다

늘상 차지 않지 않았느냐
어차피 채워지지 않는 거 아니냐

함박눈

이건 환희, 세상이
온통 환호구나

이응노의 「민중」 군상이
어깨를 부딪거나 어깨동무하고
얼굴을 비비며 몸뚱이 얼싸안고서
하나된 세상
아우성이 아니라 원무
기막힌 점묘법의 은세계

젊은날 목구멍 속으로 기어들기만 하던
사랑한다는 말 대신
찢고 찢다 겨우 부친 연애편지가
수취인 불명으로 돌아와
소인 투성이로 헤진 피봉
아픈 기억의 상채기
앙상한 엽맥의 부스러기들

이건 시, 내가 부를
송가이자 비가로다

문패와 관

지금은 그렇지 않지만
집집마다 대문에 문패를 달 적에
문간이 아니라 셋방 문설주에라도
소략한 목문패 거는 게 소망이었지만
정작 그 바람이 이루어진 날에는
곧추세울 수 없으리만치 피폐해 있었다
젊디젊은 내 육신은

부모에게서 귀하게 받은 이름 석 자
얕게 각된 나의 문패는 차라리 관이 되고
오척 수치 수척한 단구를 널
참 안식의 거처, 깊은 유택이 되었다
뽑고 뽑아도 다시 돋아 성가신
티눈같이 고약한 유예의 세월
견디기 어려운 덤의 나날이었으니

문패에 오버랩되는 검은 역청칠 목관
언저리로부터 몸통이 광휘로 휩싸이다가
뚜껑이 열리며 섬광이 터지고
하얀 날개의 눈부신 천사가 나타나

마침내 날 데려가리라 기뻐했지만
사자는 그냥 돌아가고 이 목숨만 남아

이제 문패 따위야 무슨 소용이랴만
그래도 안락한 집과 정감어린 정원을 꿈꾸며
마지막 사치를 부려봄도 큰죄 될 게 없겠으나
명 붙어 시골에 묻혀 사는 나로서야
흙을 밟고 숲을 보면서 들이쉬고 내쉬는
한 숨의 공기가 고마울 따름이다

지폐

가랑잎 같은 지폐를 사랑하다 보니
나는 자꾸 가벼워지고 날아가기 쉽다
생활이 바스러져 남느니 부스러기뿐
그 인생은 고달프기 십상, 결국은
망가지고 스러져 사라지는 것

非詩練習

한참 놀기 바쁠 나이에 나는 연 띄우기를 재미있어 하
면서도 연줄이 매양 전선에 걸려 애먹이곤 해서 연 띄우
기를 꺼려했다

한참 먹기 바쁠 나이에 나는 생선 맛을 좋아하면서도
가시가 매양 목구멍에 걸려 찌르는 애를 먹곤 해서 생선
먹기를 꺼려했다

앞의 첫째 연과 둘째 연을 쓰고 「비시연습」이라 제목까
지 마음먹기에 소요된 시간만큼이나 빠르게 나를 살고 이
시를 미완으로 남긴 채 콤마로 중단을 볼까

떼지도 않고 구두점도 없이 지루하게 이어지는 문체처
럼 늙어가면서 이 시와 이밖의 시들을 나름대로 완성하면
서 피리어드로 종언을 부를까

이제 셋째와 넷째 연이 끝나고 그 네 연에 나의 양다리
와 양손이 각기 하나씩 걸려 사지가 찢어지면서 다섯째
마지막 연은 끝나간다

명명백백한 노래

상식적으로 반편이라면
잃어버릴 남은 반편이 없다
논리적으로 반편이라면
잃어버릴 남은 반편이 있다
그러나 상식은 기실 엉뚱하고
논리는 애당초 까다로우니
따질 것 없이 나는
잃어버린 것이 있달 수밖에
그것도 옹근 하나를 통째로 잃어버렸달 수밖에

그렇다고 남의 이야기 하기 좋아하는
입빠른 가증스런 녀석들
걱정도 팔자인지 팔자가 걱정인지
터무니없이 고놈의 주둥이를 놀려댄다
태어나면서 모친을 잃었나요?
동생을 먼저 잃었나요?
막역지우를 아깝게 잃었나요?
애인을 그만 잃었나요?

어미는 없다

동생은 없다
친구는 없다
애인은 없다
양지의 섬도
화려한 구름도
원색의 꽃도
강력한 스콜도 없다
아예 모두 없다

하나님이 로고스를 잃어버렸듯이
나 아닌 내가 나인 나를 잃었다
아벨이 카인을 잃어버렸듯이
죽은 내가 산 나를 잃었다
예수가 유다를 잃어버렸듯이
팔린 내가 판 나를 잃었다

근거 없는 뜬소문이라고 하는 자가
많을수록 좋다
터무니없는 헛소리라고 하는 자가
많으면 많을수록 좋다

나는 진실로 잃어버렸으니까
잃어버린 것을 찾을 길마저 잃어버렸으니까
나를 대적하여 모인
무수한 무리 앞에서
나는 자꾸만 어떤 경지에 도달하고
이 경지에서는 어차피
설교를 할 수밖에 없어진다

가난한 자는 복이 있나니
저희가 영원히 가난할 것이요
굶주리는 자는 복이 있나니
저희가 영원히 굶주릴 것이요
목마른 자는 복이 있나니
저희가 영원히 목마를 것이요
슬퍼하는 자는 복이 있나니
저희가 영원히 슬플 것이요
괴로워하는 자는 복이 있나니
저희가 영원히 괴로울 것이요
천대받는 자는 복이 있나니
저희가 영원히 천대받을 것이요

버림받은 자는 복이 있나니
저희가 영원히 버림받을 것이요
잊혀진 자는 복이 있나니
저희가 영원히 잊혀질 것이로다

귀 있는 자는 들을지어다
나의 산상수훈, 새로운 팔복을
나의 설교 중의 백미를
너희들이 명일의 백주에 노래할
명명백백한 노래를

손에 관하여

여름날 꽃꽂이하는 숙녀의
정맥이 비치는 하얀 손에는
정서의 산뜻한 아름다움이 있고

겨울날 찬 허드렛물에 담그는
촌부의 얼어터진 손에는
생활의 검박한 아름다움이 있지만

나의 손은 낙엽에 불외
아무짝에도 소용없고
부끄럽고 부끄럽기만 하다

야외훈련장에서 안전핀이 빠진
수류탄을 거머쥐고 터진 어느 교관의 손에는
순직의 장렬한 아름다움이 있고

눈보라 속에 쓰러져 얼어붙으면서도
불을 찾아 뻗치던 어느 취객의 손에는
의지의 끈질긴 아름다움이 있지만

나의 손은 낙엽에 불외
아무짝에도 소용없고
부끄럽고 부끄럽기만 하다

하지만 악수하고 싶어라
저들의 손 뜨겁게 잡고서
저들의 생생한 기를 받고 싶어라

나의 손에는 온기가 돌고
촉촉이 땀이 배어
손이 살아난다

미켈란젤로의 「천지창조」* 여호와와 아담같이
손이 손을 향해 뻗는
관계의 복원이 필요하다

* 미켈란젤로는 이탈리아 르네상스 시대의 거장. 「천지창조」는 그가
  청년기에 그린 『시스티나 대성당 천장화』의 한 부분. 여호와가 아담
  에게 손을 뻗침으로써 그의 형상을 닮은 인간에게 영혼을 불어넣고
  있다.

흰 저고리 검정 치마

1판 1쇄 찍음 2004년 11월 23일
1판 1쇄 펴냄 2004년 11월 29일

지은이 황명걸
펴낸이 박맹호
펴낸곳 (주)민음사

출판등록 1966. 5. 19. (제 16-490호)
서울 강남구 신사동 506번지 강남출판문화센터 5층 (135-887)
대표전화 515-2000 / 팩시밀리 515-2007
www.minumsa.com

값 7,000원

© 황명걸, 2004. Printed in Seoul, Korea

ISBN 89-374-0727-2 03810